椴花茶中的时光

[法] 马塞尔·普鲁斯特 | 原著

周克希 | 译　涂卫群 | 编

华东师范大学出版社

椴花茶中的时光

普鲁斯特（1871—1922）在他的小说《追寻逝去的时光》中描写了大量花草树木。他描绘它们，不仅为了展现它们的美，也在它们身上寄托了丰富的思想，特别是对美的爱慕与信念。美能够照亮人的生活、给人以安慰，并且能够沟通来自不同文化的人们，实现人与人之间心灵的交流。

普鲁斯特生活中的一段时间（1871—1913），被经历了第一次世界大战的人们名之为"美好时代"。如果我们关注一下那个时代方方面面的状况，不难发现，和所有时代一样，人们承受着种种痛苦，社会呈现出种种问题，不过那个时代还有一个特点，那就是对美的热切追求。正是在那时，印象派绘画进入了鼎盛阶段。印象派画家热爱阳光和阳光赋予万物的千变万化的迷人色调，他们在画布上充分展现了不同光线下的自然之美。普鲁斯特在描绘花草树木时，无疑参考了同时代画家的大量画作。

自古以来，很多文化都表现出对花草树木的喜爱，以它们象征各种情志，寄托神圣的与美好的心愿。在古希腊、罗马神话中，有专司春天与花卉的女神克洛里斯、芙罗拉（在绘画中她常以头戴花冠、手持花束的形象出现），西方基督教传统以白玫瑰象征纯洁无瑕的圣母玛利亚，中国古代文人以梅兰竹菊象征君子的美德……尽管伴随时间的推移，花草树木渐渐失去了传统赋予它们的各种象征含义，它们仍然以多种形态的美为天地人间增添色彩。

《椴花茶中的时光》选取周克希先生翻译的普鲁斯特笔下的一些花草树木的段落，配以相关画作，并参照普鲁斯特所依托的文化略加注释。

《追寻逝去的时光》的世界从一杯椴花茶中浮现。现在让我们由周克希先生引领，进入普鲁斯特的馨香花园，与那里的主人公共度一段美妙时光。

目录

1

椴花茶

（茶杯里浮现的世界）

椴花茶中的时光

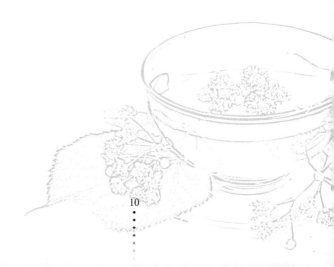

一旦我认出了姑妈给我的在椴花茶里浸过的玛德莱娜的味道（虽说当时我还不明白，直到后来才了解这一记忆何以会让我变得那么高兴），她的房间所在的那幢临街的灰墙旧宅，马上就显现在我眼前，犹如跟后面小楼相配套的一幕舞台布景，那座面朝花园的小楼，原先是为我父母造在旧宅后部的（在这以前，我在回想中看到的仅仅是这一截场景）。随着这座宅子，又显现出这座小城不论晴雨从清晨到夜晚的景象，还有午餐前常让我去玩的那个广场，我常去买东西的那些街道，以及晴朗的日子我们常去散步的那些小路。这很像日本人玩的一个游戏，他们把一些折好的小纸片，浸在盛满清水的瓷碗里，这些形状差不多的小纸片，在往下沉的当口，纷纷伸展开来，显出轮廓，展示色彩，变幻不定，或为花，或为房屋，或为人物，而神态各异，惟妙惟肖，现在也是这样，我们的花园和斯万先生的苗圃里的所有花卉，还有维沃纳河里的睡莲，乡间本分的村民和他们的小屋，教堂，整个贡布雷和它周围的景色，一切的一切，形态缤纷，具体而微，大街小巷和花园，全都从我的茶杯里浮现了出来。

（摘自《追寻逝去的时光》第一卷《去斯万家那边》）

[椴花茶]　（l'infusion de tilleul）

　　花草茶。用干燥的椴花冲泡的花草类饮品。在欧洲十分流行，有安神、镇咳、退烧等效用。普鲁斯特以椴花茶和小玛德莱娜蛋糕这两样在法国十分普通和常见的饮品与食品作为记忆复苏的引线，在平实中寄寓深意。

2

椴树、椴花茶

（莱奥妮姑妈的椴花茶）

等了一会儿，我进去吻她，向她问安，弗朗索瓦兹给她沏茶。要是姑妈觉得情绪有些激动的话，就会吩咐以药代茶，这时就由我负责把一撮椴花茶从药袋倒在一只盆子里，随后别人再把它们放进开水杯里去。干枯的茶梗弯弯曲曲地组成一幅构图匪夷所思的立体图案，在虬曲盘绕的网络中间，绽开着一朵朵色泽幽淡的小花，仿佛是由哪位画家经心安排，有意点缀上去的。叶片由于失去了，或者说改变了原来的模样，看上去就像是杂沓的不协调的东西，有的宛如飞虫透明的翅翼，有的恰似标签白色的背面，有的好像玫瑰的花瓣，但都挤在一起给轧碎了，或者像筑巢那样给编了缠。成百上千不能成茶的碎枝细末——这是药剂师可爱的浪费——在制作药茶时是得弃之不用的，但它们却给我带来了莫大的喜悦，我犹如在一本书里意外地看见了熟人的名字那样，惊奇地发现它们都是真正的椴树茎梗，就跟我在车站林荫道上看见的椴树是同样的东西。这些椴树茎梗看上去之所以变了样，恰恰是由于它们并非仿制品而是真货，只是放置时间久了的缘故。每种新的形态都是从旧的形态衍化而来的，我从那些灰不溜秋的小球身上，认出了当初尚未绽开的嫩绿骨朵儿的影子；尤其是那片月光也似的柔和的粉红光泽，在干茎枯梗之林中，把小朵金色玫瑰般的挂在林梢的花儿衬托得格外分明——这是一种标记，就像一绺微光照在墙上原先有过壁画的地方那样，显示出椴树一度色彩鲜艳的部位和原本就没有颜色的部位的差异——让我明白了，这些花瓣就是那些在装进

克洛德·莫奈《布瓦西的椴树》，1882

药袋之前，曾经在春天的夜晚散发出馨香的花瓣儿。这片红红的烛光，依然是旧日的颜色，只是已经半明半灭，光影幢幢，俨然是今日花事衰颓的景象了。再过不一会儿，姑妈大概就要把一块小玛德莱娜蛋糕浸到她尝过的那些残花枯叶的热气腾腾的椴花茶里去，等完全泡软后给我尝一口了。

（摘自《追寻逝去的时光》第一卷《去斯万家那边》）

[椴树] （le tilleul）

高大落叶乔木，主要分布在北半球温带地区。在欧洲，椴树被认为是长寿树，有存活千年以上的记载。夏季枝繁叶茂，呈伞状，既可用来庇荫又具有装饰性，因此椴树林荫道较常见。椴树淡黄色的花朵芳香怡人，是重要的蜜源和香水原料，干花也用作花草茶饮。德国柏林著名的林登大道（又称菩提树下大街），便是德语椴树（Linden）的音译。

3

丁香花

（斯万家花园）

椴花茶中的时光

我们要到梅泽格利兹那边去的时候……沿着斯万先生家花园的白色栅栏边上的那条路出城。往往还没走近那花园，就远远闻到了丁香吐出的芳香，仿佛是迎接我们这些陌生人。这些丁香花，掩映在心形的绿色小嫩叶中间，从花园的栅栏上好奇地探出淡紫、粉白的羽冠，一簇簇羽冠沐浴在阳光中，就连背阴的地方都是亮晃晃的。有几丛丁香树，被那座称作箭楼、现在是看门人住的小小瓦屋遮去了一半，却从哥特式的山墙上方伸出清真寺尖塔似的粉红色花簇。这些《可兰经》里的仙女，赋予这座法兰西花园的情调，有如波斯细密画那般艳丽而又纯净；跟这些仙女相比，连春天里的山林女神都不免显得有些俗气。

　　（摘自《追寻逝去的时光》第一卷《去斯万家那边》）

克洛德 · 莫奈《阳光下的丁香花》，1872

克洛德 · 莫奈《阴天的丁香花》，1872

椴花茶中的时光
—
—
—
—
—
—

[丁香花] （le lilas）

　　品种繁多。其中有些原产波斯（伊朗）。在普鲁斯特笔下，丁香花与波斯文化联系在一起。

[春天里的山林女神]　(les Nymphes du printemps)

　　古希腊、罗马神话中的人物。在意
大利文艺复兴时期的画家波提切利的画
作《春》（1478—1482）上，画家既
画了古希腊神话里的春天与花卉女神克
洛里斯（她口衔一支玫瑰花），又画了
她的化身，罗马神话里与克洛里斯对应
的女神芙罗拉（她头戴花冠、颈围花环、
身着百花长裙）。

4

旱金莲、勿忘我和长春花

（斯万家花园）

椴花茶中的时光

我们面前，一条两旁种着旱金莲的小路，在明媚的阳光中往上引伸通向宅邸。而在右边，花园却随着平坦的地面拓展开去。在匝园而植的高大乔木的浓荫遮蔽下，有斯万的父母着人挖就的一个池塘……在那条俯临人工池塘的小路低处，有两排花圃，间种着毋忘我和长春花，交织成一顶精致的天然花冠，蓝莹莹的，箍在池水若明若暗的额际，而剑兰则以一种皇家气派的从容，听凭利剑似的叶片弯下身去，把紫色、黄色的百合花徽伸向浸在水中的泽兰和水毛茛。

（摘自《追寻逝去的时光》第一卷《去斯万家那边》）

［花园］　（le parc, le jardin）

　　普鲁斯特笔下的花园深受莫奈画布上花园的启发。

[旱金莲] （la capucine）

　　原产南美的橙红色、黄色小花。莫奈十分喜爱，他以这种色彩艳丽的小花铺满小径。在西方传统静物画上，旱金莲象征爱的激情。

[勿忘我和长春花]　（le myosotis et la pervenche）

　　都是春天的小花，多为淡蓝色调。
前者象征记忆，后者象征友情、谦逊
和忠诚。

5

山楂花、野蔷薇

（斯万家花园）

椴花茶中的时光

小路上到处都是英国山楂的花香，就像在嗡嗡作响似的。一溜树篱，宛如一排小教堂，掩映在大片大片堆簇得有如迎圣体的临时祭坛的山楂花丛里；花丛下面，阳光在地面上投射出四四方方的光影，仿佛是穿过玻璃天棚照下来的；山楂花的香味，显得那么稠腻，就像是成了形，不再往远处飘散似的，我恍惚觉得自己置身于圣母玛利亚的祭台跟前，四下里点缀着精美的鲜花，一派漫不经心的样子，各自捧出一束束灿烂耀眼的雄蕊，纤细的叶脉尽情舒展草莓花般白皙的肉茎，像焰火似的辐射开去，一如教堂祭廊扶手或彩绘玻璃窗中梃间雕镂的花卉图案。再过几个星期，野蔷薇也将身穿一阵清风就能掀开的薄绸红上衣，迎着明媚的阳光攀上这条乡间小路，但相形之下它们显得多么稚憨，多么乡态可掬啊！

（摘自《追寻逝去的时光》第一卷《去斯万家那边》）

[山楂树、山楂花]　(l'aubépine, l'épine)

蔷薇科乔木或灌木。开白花或粉红花。在法国被用作树篱。普鲁斯特对山楂花情有独钟，与他对英国散文家拉斯金的阅读与翻译有关。他曾在文章中引用拉斯金描写法国布尔日大教堂的文字，建筑师以丰沛的山楂花图案装饰教堂门廊。

［野蔷薇花］　（l'églantine）

　　原产欧亚非大陆。花朵由五片单层浅
粉色花瓣和一簇浓密的黄色花蕊构成。

椴花茶中的时光

6

粉红山楂花

椵花茶中的时光

我又回到山楂树前，就像一个人站在名画跟前，以为有一会儿转过眼去不看它们，就能更好地看懂它们似的，可是尽管我用双手搭成凉篷遮在眼上，专注地盯着它们看，它们在我身上唤起的情绪却依然是暧昧而朦胧的，无法跳脱出来，附丽在这些花儿上。这些花儿并不来帮我弄清这种情绪，而我又没法去让别的花儿来使它变得豁朗些。于是，当我听到外公一边唤我，一边指着当松镇的绿篱对我说："你既然这么喜欢山楂树，那就来瞧一眼这棵红色的山楂吧；瞧它有多美！"霎时间我感到一种愉悦的震颤，那是我们蓦然看见自己心爱的画家一幅陌生的杰作，或者被人领到一幅以前只见过铅笔草图的油画跟前，或者看到一首仅听过钢琴演奏的曲子顷刻间被乐队赋以华丽色彩的时候，才会感觉到的那种愉悦。果然，那些山楂花是粉红色的，比白色的更漂亮。

（摘自《追寻逝去的时光》第一卷《去斯万家那边》）

凡·东恩《追寻逝去的时光》插图，1947

7

山楂花、虞美人

椴花茶中的时光

我流连在英国山楂树前，嗅着这无形而又不变的香味，想把这时而消失、时而重现的芳香送进茫茫然的脑际，让我跟得上充满青春活力、把山楂花随处点缀的轻快节奏，跟得上如同某些跳跃音程那般出人意料的距离间隔，而这些山楂树也颇为慷慨地把自己的音乐魅力绵绵不断呈现在我面前，但尽管如此，它们依然执意不容我作进一步的探究，就像有些旋律，我们哪怕演奏上一百遍，也仍然无法领会其中的奥妙。我转身离开片刻，想让自己过会儿能带着更新鲜的活力去接近它们。我信步走到了斜坡跟前，绿篱背后的这道斜坡，坡度很陡地通往旷野，一株离群索居的虞美人和几支矢车菊，犹如那些编织在地毯边缘，日后将大出风头的疏疏朗朗的乡下图案；星星点点的几所房舍，就能让旅人知道村子已近，那些花儿虽然只是寥寥几朵，如同各据一隅的房舍那样相隔甚远，但它们让我知道，前方就是麦浪滚滚、白云翻卷的一望无际的田野，一支虞美人花，宛如在乌黑油亮的浮标上方似的，挺立在缆索般的茎秆上，听凭火一般红艳的花瓣迎风飘扬，我一见之下，不由得怦然心动，好似那怦然心动的旅客，他远远地瞥见了前方的低地里捻缝工正在嵌抹一艘搁浅的船，没等望见海水就脱口喊道："大海啊！"

　　（摘自《追寻逝去的时光》第一卷《去斯万家那边》）

克洛德·莫奈《虞美人》，1873

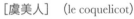

[虞美人] （le coquelicot）

罂粟花的一种，为鲜艳的红色。莫奈在他的花园里种有大量虞美人，他也为这种花画下多幅画作。

椴花茶中的时光

8

茉莉花、三色堇、马鞭草、紫罗兰

（吉尔贝特出现）

穿过树篱望进去，可以看见花园里的小路两旁，种着茉莉花、三色堇和马鞭草，紫罗兰也在它们中间绽开着玫瑰色的鲜嫩花囊，那是一种能让人觉着芳香的，宛如磨勘的科尔多瓦皮革的玫瑰色；一卷漆成绿色的长长的喷水管，沿着砾石伸展开身子，把浸透花香的喷头竖在花丛上方，朝天喷洒出由无数细小的、色彩缤纷的水珠组成的棱锥形水帘。蓦地，我停住脚步，没法移动了；有时我们眼前的景象，不仅要诉诸视觉，而且要诉诸全身心的一种更深刻的、精神更集中的感受，我此刻就处于这样的状态。一个金栗色头发的小姑娘，好像刚散步回来，手里拿着园丁小铲，抬起布满玫瑰红雀斑的脸蛋，对准我们望着。

……

"嗨，吉尔贝特，过来；瞧你在做什么呀！"一位夫人尖着嗓子专横地喊道。这位穿白裙的夫人我刚才没看见……那小姑娘蓦地敛起笑意，拿起铲子就走，连头也不朝我这边回一下，那副神情既像很听话，又让人觉着捉摸不透，不知她心里在使什么坏。

就这样，吉尔贝特的名字传到了我的耳畔，它就像一道护符，也许将来有一天，我能凭它找到这个名字所代表的活生生的她，然而在这一刻来到以前，这个她，在我只是一个飘忽不定的形象。就这样，这个名字从茉莉花和紫罗兰丛上方，犹如绿色喷水管的喷水那般急遽、清洌地传了过来；对那些和她一起生活、出游的幸福的人来说，这个名字代表着一个他们所熟悉的姑娘，此刻她正以自己神秘的生活给这个名字一路穿越——并将其隔离起来——的纯净区域注入新鲜的雨露，添上虹彩的颜色；这个名字在红色山楂树丛下面，在齐我肩膀的高度传来，在倍感痛苦的我听来，像是炫耀他们对她的生活，对我无从进入、无法得知的她的生活的熟稔。

（摘自《追寻逝去的时光》第一卷《去斯万家那边》）

[茉莉花]　(le jasmin)

　　原产东南亚、南亚。花香浓郁。经由阿拉伯传入欧洲后，盛开在五月的洁白纯净的茉莉花被用来献给圣母玛利亚。在西方传统绘画中，可以见到戴在天使和圣徒头上茉莉花花环。茉莉花是重要的香水原料。我国有千年以上饮茉莉花茶的传统。

[三色堇] （la pensée）

　　又名蝴蝶花、三色紫罗兰。在西方绘画传统中，三色堇象征谦虚。

[马鞭草] （la verveine）

可粗略分为芳香马鞭草、药用马鞭草和南美马鞭草三种。照片上的被称为药用马鞭草，原产欧洲，开淡紫色小花。

[紫罗兰]　（la giroflée）

　　种类繁多，主要分为岩壁紫罗兰、沙土紫罗兰和夜香紫罗兰。图片上是夜香紫罗兰。

椴花茶中的时光

9

和山楂树交谈

突然，童年的温馨回忆涌上心头，我在低洼的小路上停住了脚步。从那些边缘呈细齿状、闪闪发亮地探到路边的树叶，我认出了一丛山楂树，可惜，春天过后花儿都凋零了。四周飘浮着往昔的五月星期天午后的气息，那些蕴含着早已忘怀的信仰和过失的气息。我真想攫住这些气息。我停了一会儿，善解人意的安德蕾走了开去，让我独自和山楂树交谈片刻。

我向它们探询花儿的情况，那些山楂花挺像冒失、爱俏而又虔诚的快活少女。

"那些小姐早就走了。"叶丛对我说。说不定它们在想，我自称是她们的好朋友，怎么看上去好像并不了解她们的脾性呢。是好朋友，可是尽管当初信誓旦旦，我毕竟已经有好多年没见到她们了。然而，正如吉尔贝特是我初恋的姑娘，她们是我初恋的花儿呀。

　　"是的，我知道，她们六月中旬就要走了，"我回答说，"但能见见她们在这儿住过的地方，我也很高兴。她们到贡布雷我的卧室来看过我，是我生病那会儿，母亲带她们来的。在五月，我们每个星期六晚上都会在教堂见面。她们在这儿也会去教堂吗？"

"哦！当然！荒漠圣德尼教堂可看重这些小姐呢，那是离这儿最近的教区。"

"那么现也能见到她们吗？"

"哦！明年五月以前是见不到啰。"

"到时候她们肯定在那儿？"

"年年如此。"

"我就是不知道我能不能找到地方。"

"肯定能！这些小姐天性活泼，生来爱笑，只有在唱圣歌的时候才静下来，所以您准能找到她们，而且，从小径那头您就能闻出她们的香味。"

（摘自《追寻逝去的时光》第二卷《在少女花影下》）

椴花茶中的时光

10

金盏花

（东方诗意的光芒）

椴花茶中的时光

这地方有许许多多的金盏花，它们选了这儿作为嬉戏的场所，或孤芳自赏，或成双成对，或三五成群，色泽黄得像蛋黄，而且，似乎正因为观赏的乐趣无法跟品尝沾上边，它们的色泽反而格外显得光彩夺目，我在它们金灿灿的外表里积聚着这种乐趣，让它变得愈来愈强烈，直到最后派生出全无功利目的的美感来；这些金盏花，从我还很小的时候就在那儿了，当我站在纤道上向它们伸出小手去的那会儿，我还念不全这些花儿漂亮的名字呢，它们听起来像是法国童话中王子的名字，这些花儿说不定是好几个世纪以前从亚洲来这儿的，但在乡间它们向来是没有国籍的，它们乐于在这一方土地上安身，钟爱这儿的阳光和河岸，不知疲倦地注视着火车站那幅小小的景象，却依然像我们的有些古画那样，在淳朴和单纯里，保存着一种东方的充满诗意的光芒。

　　（摘自《追寻逝去的时光》第一卷《去斯万家那边》）

[金盏花] （le bouton d'or）

中世纪时由亚洲引入欧洲，出现在传统静物画上时，由于色彩鲜艳，象征着奢华与魅力。普鲁斯特喜欢以花象征文化，正像他以丁香花象征波斯文化，在《追寻逝去的时光》里他以金盏花象征东方，特别是印度。

11

黄色鸢尾花、百合花

（法国王室的徽章）

椴花茶中的时光

我们坐在河边的鸢尾花丛中间。悠悠然的蓝天上，懒散地浮游着一朵白云。不时有条憋得发慌的鲤鱼，倏地打个挺蹿上水面。是吃点心的时候了。重新上路以前，我们在草地上坐了好久，吃着水果、面包和巧克力，听见圣伊莱尔教堂的钟声贴着地面传来，钟声久久地在空气中穿行，却并没有跟空气混和，声音虽然变轻了，但依然音色很好，有一种金属的意味，而且，随着声波在行进中的颤动，钟声拂过我们脚边时，花儿也微微地颤抖起来。

　　……

　　我们还常常奔进圣安德烈乡村教堂的门廊，跟那些圣徒和先贤的石像挤挨在一起。这座教堂的法国味儿可真浓呵！大门上方，婚礼或葬礼场景中的圣徒和骑士装束的国王，各人手执一朵百合花，就跟弗朗索瓦兹心目中的圣徒、国王一模一样。

（摘自《追寻逝去的时光》第一卷《去斯万家那边》）

椴花茶中的时光

克洛德·莫奈《吉维尼的黄色鸢尾花田野》，1887

黄色鸢尾花　　　　　百合花

法国王室徽章

[黄色鸢尾花、百合花]　(l'iris jaune, le lys)

这两种花合在一起构成了法国王室的徽章 fleur de lys。这种徽章形象取自黄色鸢尾花，名称中却含有百合花的字样。根据一则传说，法兰克王国国王克洛维一世（466—511，被视为法国的奠基人），在打赢一场战役前，渡过了一条岸边生长着黄色鸢尾花的河流，他将自己的凯旋归功于这些花，于是选择黄色鸢尾花作为自己的徽章。另一则传说则显示，法国国王路易七世（Louis VII, 1137—1180）首次采用这种徽章，并称之为 Flor de Loys，含义是 fleur du roi Louis（路易王的花），在读音上与 fleur de lys（百合花）接近。

椴花茶中的时光

12

睡莲

（维沃纳河的睡莲园）

　　但再往前去，水流就变得缓慢下来，因为河水在流经一座有花园的府邸，这座府邸的主人热衷于水生植物的园艺工程，他不仅把花园向公众开放，而且让人把维沃纳河的一个个小池塘装点成名副其实的睡莲园。由于这地方两岸树木繁茂，浓密的树荫赋予河水一种基调，通常是暗绿色的，但有时候，在某些风雨交加的下午过后，夜晚格外显得宁静的日子，我在回家的路上望见它呈现出一种很亮的浅蓝色，几乎有点近于紫罗兰色，看上去像嵌着金属丝的花纹似的，有一种日本风味。河面上不时可以看到一朵两朵当中鲜红、边缘雪白的睡莲，红艳艳的像草莓。再往前去，花朵开得更繁密，色泽也显得更素淡，似乎不那么光滑，比较粗糙，皱褶也多些，无意间排成了优雅的漩涡形状，看上去让人想到苔蔷薇编织的花环松散了开来，犹如一次游乐会过后满地落英令人惆怅地漂浮在河面上。另外有块地方，仿佛特地留给了那些一般品种的睡莲，它们呈现着花草那般素净的白色和粉红色，淡淡的有如室内珍藏的瓷器，而在稍微更远一些的水面上，一片片睡莲簇拥在一起，宛如一座浮动的花坛，仿佛花园里的那些蝴蝶花搬到了这儿，像蝴蝶那样把它们蓝得透亮的翅膀停歇在这座水上花坛透明的斜面上；这其实也是座天堂的花坛：它提供了一种土壤，使这些花朵具有一种比本身的色泽更珍奇、更动人的色泽；而且，无论是下午当它在田田的睡莲下面，有如万花筒似的闪烁着亲切的、静静的、喜气洋洋的光芒，还是傍晚当它犹如某个遥远的海港，披着夕阳那玫瑰色的、梦幻般的霞光，不停地改变着色彩，以便始终跟色泽比较固定的花冠周围的那种在时光里隐匿得更深的、更奥妙的东西——那种存在于无限之中的东西——显得很和谐的时候，开在这片水面上的睡莲，总像是绽放在天际的花朵。

（摘自《追寻逝去的时光》第一卷《去斯万家那边》）

克洛德·莫奈《睡莲图》，1906

[睡莲]　（le nymphéa）

　　水生植物，其学名源自希腊语中用来指称生活于山林和水泽的女神。1883年莫奈定居位于诺曼底的吉维尼小镇，并在他的府邸营造了一座美丽的花园，其中最著名的是他的睡莲园，因为他为这个水上花园画下了约250幅油画《睡莲图》。普鲁斯特的这段描写，很可能参照了莫奈的画作。

椴花茶中的时光

13

长春花、天竺葵

（教堂婚礼仪式上的德·盖尔芒特公爵夫人）

皮埃尔-奥古斯特·雷诺阿《天竺葵》，1880

她的眼睛发出雪青色的光，犹如一朵无法采撷的长春花，而她却把它献给了我；天边浮着一朵乌云，但阳光依然朗照在广场上，同时把圣器室也照得亮晃晃的，专为这一庄严时刻铺上的、德·盖尔芒特夫人正含笑走在上面的红地毯，被阳光蒙上了天竺葵的色调，呢绒上平添了一层粉红色柔和的光影，一层光线的被面，这种温柔的情调，这种体现于豪华和欢乐中的令人肃然起敬的亲切气氛，在《罗恩格林》的某些乐段，在卡尔帕乔的某些画幅里都能看到，它也使我明白了波德莱尔为什么会用甘甜这个词来形容小号的声音。

　　（摘自《追寻逝去的时光》第一卷《去斯万家那边》）

[天竺葵]　（le géranium）

地中海地区十分流行的花，常见的有粉红、白色和红色。在普鲁斯特笔下，天竺葵象征了健康美艳的青春。

14

卡特利兰

（奥黛特喜爱兰花和菊花）

椴花茶中的时光
———————

她手里拿着一束卡特利兰，在绣着花边的头巾下面，斯万看见她的秀发佩着天鹅羽毛的翎饰，上面也系着这种兰花。纱巾往下，是一袭黑色天鹅绒的长裙，斜襟下露出一大片三角形的白缎衬裙，而在另外插着几朵卡特利兰的袒胸低领的领口，还可以看到一段裙腰，也是白色罗缎的。

雅克-埃米尔·布朗什《普鲁斯特肖像》，1892

她觉得这些中国小摆设模样都挺逗人喜欢的，而兰花，尤其是卡特利兰，也同样如此，这两种花和大菊花一向是她最心爱的花儿，因为它们有个很大的优点，就是不像真花儿，而像是用丝绸、缎子做出来的。（摘自《追寻逝去的时光》第一卷《去斯万家那边》）

［卡特利兰］ （le cattleya）

　　原产中美洲和南美洲热带森林的兰花品种。其学名来自英国园艺家威廉·卡特利，他是为人所知的第一位使其重复开花者。在这幅肖像画上，普鲁斯特佩戴着一朵卡特利兰。

15

菊花

（初冬斯万夫人的客厅）

椴花茶中的时光
——
——
——
——
——
——

现在奥黛特的客厅里在初冬时分也有色彩缤纷的大朵菊花，跟斯万当初来的时候大不一样了。我赞赏这些菊花——当我神情忧郁地来到斯万夫人府上时（吉尔贝特的这位母亲，会在第二天对女儿说："你的朋友来看过我。"也许是我的满面愁容让她动了恻隐之心，她的神态中有一种神秘的诗意）——想必是由于这些菊花以路易十五式缎面扶手椅般的粉红，双绉晨衣般的雪白，俄式茶炊般的铜红，为客厅增添了一层装饰，它和客厅原有的装饰相比，色泽同样丰富，同样雅致，却自有一种只持续几天的生机。而让我感动的是，与十一月临近黄昏时分在薄雾中显得绚丽无比的夕阳，与这些玫瑰和铜红色相比，菊花的色泽并非那么转瞬即逝，它持续的时间相对来说更长一些。我还没踏进斯万夫人家门时，瞥见夕阳的余晖在天际渐渐暗淡下去，随后却只见它们延伸过去，融入菊花浓艳似火的色彩之中。这些菊花，犹如一位水彩画大师从瞬息万变的大气和阳光中汲取的装饰居所的明亮色彩，在我身旁闪耀着亲切而神秘的欢乐的光辉，邀我抛却心中的忧愁，趁这午茶时刻尽情地享受初冬短暂的欢乐。

（摘自《追寻逝去的时光》第二卷《在少女花影下》）

皮埃尔–奥古斯特·雷诺阿《菊花图》

[菊花] （le chrysanthème）

　　原产中国的秋菊在 19 世纪中期被
引入法国并培植成功，在法国兴起一场
菊花热。菊花不仅作为插花进入富裕家
庭的客厅，而且深得印象派画家喜爱，
他们画下很多菊花图。小说家皮埃尔·洛
蒂（1850—1923）以他在日本与一位
日本女子交往并结婚为原型写下的小说
《菊花夫人》（1887）出版后大获成功，
与这一时期法国人对菊花的喜爱不无关
系。普鲁斯特年轻时曾表示洛蒂是他所
喜爱的一位作家，他以菊花代表东亚，
特别是日本，无疑与此有关。

椴花茶中的时光

16

布洛涅树林、刺槐林荫道、橡树

罗杰·德·拉弗莱奈《布洛涅树林的刺槐林荫道》，1908

在刺槐林荫道——就是那条香桃木小道呀——我重又见到了其中的几位，但她们都已老得不成样子，只是当年风姿绰约的女性的幽灵而已，她们步履蹒跚地走来走去，在维吉尔的树丛中无望而茫然地寻寻觅觅。她们早已消失了，可我还在空落落的道路上追怀旧事。太阳被云层遮蔽了。大自然重又君临布洛涅树林，这儿曾是妇女乐园的遐想早已风流云散；作为景点的磨坊上方，真实的天空是灰色的；风吹皱大湖的水面漾起涟漪，它这就有了湖的风致；大鸟振翅掠过树林，它这就有了树林的况味；鸟儿发出尖厉的鸣声，依次栖落在高大的橡树上，橡树的树冠形如德鲁伊特祭司圆帽，树干有如在多多纳圣殿那般庄严挺拔，它仿佛在宣告这座另有所用的森林已然杳无人迹，让我更清楚地意识到，在现实生活里寻找记忆中的景象，这本身就是矛盾的，记忆中的图景不可能再有来自记忆本身、不通过感官而被感知的那份魅力。

（摘自《追寻逝去的时光》第一卷《去斯万家那边》）

［布洛涅树林］　(le Bois de Boulogne)

位于巴黎西郊的一片树林，普鲁斯特出生地距此不远。

227. - PARIS. - Bois de Boulogne - Allée des Acacias (3)

[刺槐林荫道]　（l'allée des acacias）

　　刺槐，又名洋槐。布洛涅树林的刺槐林荫道，如普鲁斯特描写的，曾经是贵妇们喜爱的散步去处。这张彩色明信片显示了 1900 年前后的刺槐林荫道。

泰奥多尔·卢梭《阿普勒蒙的橡树》

[橡木、橡树] （le chêne）

　　橡木紧致、坚硬，是优质木材。橡树则是力量与坚韧的象征，乃至被赋予神圣性。不少国家将其选为国树。它也是坚定的信仰与美德的象征。这幅《橡树图》（1850—1852），出自法国 19 世纪巴比松画派画家泰奥多尔·卢梭的手笔，他一生热衷于画树。

椴花茶中的时光
——
——
——
——
——
——

17

绣球花

（早春斯万夫人的客厅）

　　春天临近，天气回寒，在冷冽的冰圣徒节和骤雨夹雪的圣周，斯万夫人因为怕冷，常常在家里裹着裘皮接待客人，她的双手和肩膀缩在长方形的硕大手笼和洁白发亮的披肩里面，手笼和披肩都是貂皮的，她从外面回来没将它们除下，看上去就像比屋外的白雪更耐久的最后两撮冬雪，炉火的烘烤和季节的转换都没能让它们消融。这凛冽寒冷而又鲜花绽放的几个星期的全部真谛，就是在这个此后我不曾再去的客厅里，由一些更令人陶醉的白色，例如绣球花，向我揭示的，这些花儿簇聚在高高的、裸露的茎秆上，宛如拉斐尔前派画作中线条分明的灌木丛，球形的骨朵分而有合，像报信天使那般洁白无瑕，散发出柠檬的清香。当松镇的这位女主人，知道到了四月，即使天气寒冷，也总会有鲜花开放，她知道冬季、春季和夏季并不如城里人想象的那么泾渭分明——那些城里人直到初夏来临，还以为这世界就只是些光秃秃的房屋兀立在雨中。

100

斯万夫人有贡布雷的花匠把花送来，是不是就够了，她是不是还要通过指定的花店给她送来地中海沿岸早熟的鲜花，以弥补尚嫌不足的春意呢，这我不得而知，也并没在意过。斯万夫人那冰晶闪烁的手笼边上，绽放着绣球花，它们就足以让我怀上思乡的忧郁了（在女主人的心目中，摆上这些绣球花，也许只是如贝戈特所说，让它们跟屋里的摆设和女主人的服饰组成一部《白色大调交响曲》），它们提醒我注意，《圣礼拜五的奇迹》代表着一种大自然的奇迹，我们如果能更聪明一些，每年都可以亲眼目睹这样的奇迹；白色的花儿散发着清香，那是一些我叫不出名字，但在贡布雷散步时屡屡驻足凝望过的花儿的香味，有了这些绣球花，斯万夫人的客厅也就变得如同当松镇斜坡上的小路一样纯洁无瑕，一样在没有叶片的枝头缀满烂漫的花朵，一样充盈着清冽而明净的芳香。

（摘自《追寻逝去的时光》第二卷《在少女花影下》）

[绣球花] （la boule de neige）

球形，白色居多。原产欧洲、北非和中亚。常作为园艺花卉栽培。

18

康乃馨、铃兰花

（埃尔斯蒂尔画笔下的奥黛特肖像）

这幅画给我的喜悦，又让担心给搅乱了，我生怕
埃尔斯蒂尔磨磨蹭蹭，到头来我们会见不到那些少女，
因为，日头已经斜下去，沉到小窗下面去了。这幅水
彩画上，没有一样东西是就这么随手画画的，每件东
西都是由于表现情景的需要而画的，画衣服是因为这
个女人总得穿衣服，画花瓶是为了花儿。花瓶的玻璃
本身就招人喜爱，康乃馨的茎秆浸在水里，而这盛水
的容器如水一般清澈，仿佛也是液态似的。这个女人
的服饰有一种特立独行而又异常亲切的意味，显得很
妩媚，仿佛人工的杰作也可以跟大自然的美好事物相
媲美，一样的精致，一样的养眼，如同柔亮的猫毛皮、
康乃馨的花瓣、鸽子的羽毛一样画得栩栩如生。衬衣

的硬胸,有如雪霰一般细洁,轻盈的褶皱呈钟形小花状,宛若铃兰的花蕾,在房间明亮的反光中闪烁,室内的光线本身很亮,但像行将绣到织物上去的花束那样,显出精细的层次。上装的丝绒闪着珠光,茸茸的饯毛让人想到瓶子里散乱的康乃馨。但看着这幅画,你会更自然地感觉到,埃尔斯蒂尔对一个年轻女演员如此装扮会不会显得有伤风化是不在乎的,对这个演员来说,她能给某些观众已经麻木的、低级趣味的神经带来多少刺激,大概要比出演一个角色的成功与否更加重要,而画家所着重描绘的,正是这些看似暧昧的特征,在他眼里这才是值得他强调、他必须倾全力去表现的美学意趣。

(摘自《追寻逝去的时光》第二卷《在少女花影下》)

椴花茶中的时光

爱德华·马奈《康乃馨和铁线莲》，1882

[康乃馨] （l'œillet）

　　主要原产欧洲和亚洲。在西方传统静物画和肖像画上，它往往用来象征婚约和忠诚。其希腊名称 dianthus 的含义是宙斯之花，神之花。

[铃兰、铃兰花] （le muguet）

　　铃兰又名山谷百合、风铃草、君影草。春天开白色钟形小花，由于洁白、芳香，铃兰花成为圣母玛利亚的象征。根据法国传统，每年5月1日，人们要将一束铃兰花赠送心爱的人。而这一传统可以上溯至16世纪，当时的法国国王查理九世曾在这一天献给亲朋好友每人一束铃兰花，以示给他们带去好运。

椴花茶中的时光

19

栗树花、康乃馨

（韦尔迪兰夫人的客厅）

椴花茶中的时光

我心里明白，布里肖说的客厅指的不仅是那个中二楼，而且是经常聚集在这儿的人，是他们来这儿寻找的特有的乐趣，在他的记忆中，这些乐趣就赋形在人们下午来这儿时，期待看到韦尔迪兰夫人端坐其上的长沙发上，在花园盛开的栗树花上，在壁炉架花瓶里静静等候姗姗来迟的女主人的康乃馨上——它们绽开粉红色的花朵，仿佛在笑盈盈地欢迎来宾，向他们亲切致意。

（摘自《追寻逝去的时光》第五卷《女囚》）

皮埃尔-奥古斯特·雷诺阿《栗树花开》，1881

［栗树、栗树花］ (le marronnier)

栗树高大魁梧，枝叶繁茂，宽大的叶片由五至七片小叶构成，成串的金字塔形白花点缀着粉红花心，富有装饰性，在法国成为常见的行道树和园林观赏树。

20

天竺葵、茶花

（少女的肤色）

　　在我这些女友的脸庞中间，肤色起着更重要的区分作用，先不说别的，肤色为这些脸庞定下了基调，丰富多变，各显其美，比如萝丝蒙德给我的感觉——满满当当的淡黄的玫瑰色中，犹自闪烁着眼眸蓝绿色的光芒——跟安德蕾的感觉——白皙的双颊在黑发的映衬下，透出一种冷峻的高雅——就是截然不同的，我从中感受到的愉悦，就好比先后在阳光明媚的海滨凝视一株天竺葵和在夜晚观赏一支茶花那般，是有所不同的。而这种区分作用，尤其表现在一旦加入了颜色这个新的因素，各个块面之间的比例关系就完全改变，脸部线条的那些细微的差别也就随之成倍地放大了，在这里，颜色不仅是肤色的给予者，而且是大大小小块面的重要生成者，或至少是调节者。结果，这些本来相差并不太远的脸庞，由于有的在红棕色的头发映衬下透出玫瑰红的肤色，有的则显出颇有气质的苍白肤色，因而长的长，宽的宽，变得完全不一样了，这就好比俄罗斯芭蕾舞剧中的那些道具，有时候在明亮的光线下细看，会发现它们只不过是些普通的纸垫圈，但巴克斯特凭借他的天才，时而给它们打上肉色的灯光，时而让整个场景沉浸在溶溶的月色中，于是一座宫殿的正面镶上了绿松石，或是一座花园中绽开了色彩柔和的孟加拉玫瑰。我们对脸相的认知就是这样的，我们是以画家的身份，而不是以测量员的身份在量度它。

（摘自《追寻逝去的时光》第二卷《在少女花影下》）

椴花茶中的时光

阿尔丰斯·慕夏为话剧《茶花女》设计的广告画，1896

[茶花]　（le camélia）

　　原产东亚、南亚。法国 19 世纪流行戴胸花的年代，茶花成为人们喜爱佩戴的花朵。小仲马的著名小说《茶花女》（1848）使这种花遐迩闻名。

21

紫藤

椴花茶中的时光

蓦然间，在那条铺着细沙的小路上，只见姗姗来迟的斯万夫人脚步轻缓地款款而行，犹如只在正午盛开的最美的花儿，周身繁丽的衣饰，色彩每次不同，但我记得最牢的是淡紫色；她举起长长的伞柄，在最为光彩动人的那一刹那，撑开一把宽幅阳伞的绸面，上面是跟长裙上的花瓣同样的颜色。

……

对充满诗意的感觉的回忆，跟让内心痛苦的回忆相比，前者的平均期望寿命要长得多，所以，当初吉尔贝特带给我的忧伤早就消逝了，可每到五月，当我从那个日晷似的钟面上看到指针指在十二点一刻和一点之间的时候，我的心里充满快乐，斯万夫人站在伞下，宛如在紫藤棚架斑驳的光影中和我交谈的情景，依稀又浮现在眼前。

（摘自《追寻逝去的时光》第二卷《在少女花影下》）

克洛德·莫奈《紫藤图》，1917—1920 年间

[紫藤] (les glycines)

原产中国，18世纪初法国耶稣会传教士巴多明（Dominique Parrenin）将紫藤引入法国。莫奈在吉维尼水上花园里以紫藤棚架覆盖他那座日式小桥，他还画下多幅紫藤图。在普鲁斯特笔下，紫藤象征了诗意的感觉，它的生命远远长于心灵的痛苦。

22

攀援植物、牵牛花

（阿尔贝蒂娜的睡眠）

椴花茶中的时光

128

也有时候，在这样的夜晚，我会使个小花招让阿尔贝蒂娜吻我。我知道，她一躺下，很快就会入睡（她也知道，所以一躺下就会自然而然地脱掉我买给她的拖鞋，还像在自己卧室里临睡前那样，把戒指褪下放在身边），还知道她睡得很深沉，醒来时显得挺香甜的，于是我借口说要去找样东西，让她躺在我的床上。等我回来，她已经睡着了，望见她此刻面对我的模样，我觉得眼前似乎是另一个女人了。不过她很快就又换了一个人，因为我挨着她躺下，看到的又是她的侧影了。我可以捧住她的脑袋，把它抱起来，用嘴唇去吻它，可以让她的手臂搂住我的颈脖，她依然那么睡着，犹如一只不会停摆的表，犹如一棵攀缘植物，一株兀自沿着你给它的那点支撑不断伸展枝叶的牵牛花。但我每碰她一下，她的呼吸都会有所变化，就像她是我拿在手里拨弄的一件乐器，我一会儿拨拨这根弦，一会儿拨拨那根弦，弹奏出不同的曲调。我的妒意减轻了，我觉得现在的阿尔贝蒂娜无非是个呼吸着的生物，很有规律的一呼一吸的纯粹生理功能，正好表明了这一点，呼出的气是轻轻流动的，既没有说话的深度，也没有静默的浓度，它一派天真无邪，仿佛不是从一个人体，而是从一根中空的芦苇里呼出来的，此时此刻我只觉得阿尔贝蒂娜空灵而无所依傍，不仅超脱在物质之上，而且摆脱了精神的羁绊，她的呼吸在我听来，就是天籁般的天使之歌。然而我突然想到，在这呼吸的溪流中，很可能会飘落有关人名的记忆碎屑。

　　（摘自《追寻逝去的时光》第五卷《女囚》）

恽寿平（1633—1690）《牵牛花》

[牵牛花] （le volubilis）

又名喇叭花，属攀援植物（藤本植物），色彩丰富、艳丽。在法国传统中，牵牛花既象征诚挚的友谊，又象征轻浮、不定。见于我国古代文人画。

椴花茶中的时光

23

山梅花、晚香玉

（阿尔贝蒂娜不喜欢山梅花浓郁的香味）

椴花茶中的时光

这天下午，德·盖尔芒特夫人送给我一束从南方带来的山梅花，因为她知道我喜欢这种花。我从公爵夫人家出来，上楼回家，这时阿尔贝蒂娜已经先到家了；我在楼梯上碰到安德蕾，她像是因为闻到了我手里这束花的浓郁香味，感到很不自在似的。

　　"怎么，您这就要回去了？"我对她说。"是正想走呢，阿尔贝蒂娜要写信，就打发我走了。""您没觉着她有什么地方不对劲吧？""没有，我想她是给她姨妈写信。不过，她可是不爱闻太浓的香味的哪，她准不会喜欢您的这些山梅花。""哟，我干了件蠢事！待会儿我让弗朗索瓦兹拿去搁在后扶梯间里。""您以为阿尔贝蒂娜不会从您身上闻出山梅花的香味吗？除了晚香玉，这可就是最叫人头晕的香味了。再说，我知道弗朗索瓦兹好像是出去买东西了。""我今天身边没带钥匙，这可怎么进去呢？""噢，您按铃就是了，阿尔贝蒂娜会给您开门的。再说这会儿弗朗索瓦兹恐怕也该回来了。"

　　我跟安德蕾告别上楼。刚按了第一下门铃，阿尔贝蒂娜就跑来给我开门，但她很费了些周折，因为弗朗索瓦兹不在家，她不知道电灯的开关在哪儿。好不容易她总算让我进了屋，但山梅花的气味马上又把她吓跑了。我把花放在厨房里，这一来，我这位女友搁下信不写（我不知道为什么），刚好有时间跑进我的房间从那儿叫我，而且躺在了我的床上。

　　（摘自《追寻逝去的时光》第五卷《女囚》）

卡米耶·毕沙罗《静物画：牡丹和山梅花》，1878

[山梅花]（le seringa）

香气浓郁的白花，在法国花期约在五、六月间。其中的一种被称为"诗人的茉莉花"，因其绽放时花香满园。普鲁斯特以山梅花的插曲暗写两位女子之间的隐情。

[晚香玉]（la tubéreuse）

又名夜来香、月下香。原产墨西哥，16世纪引入欧洲和亚洲。常用作切花和香水原料。晚香玉夜间开白花，花香醉人、持久。

椴花茶中的时光

24

玫瑰

（少女）

椴花茶中的时光

虽然阿尔贝蒂娜不热心介绍，过了几天，我还是认识了第一天见到的那帮少女，除了吉赛尔，她们全都留在巴尔贝克……应我的要求，她们又介绍我认识了另外两三个少女。就这样，一位介绍我跟另一位少女认识的少女，给我带来了跟那位新认识的少女分享欢乐的憧憬，而最近认识的那位少女，就好比我们通过另一个品种的玫瑰得到的许多品种中的一种玫瑰。认识一个不同品种的愉悦，让我在这一串花儿中间，从一个花冠到一个花冠溯源而上，回向让我得到欢乐的那个花儿，感激之情中夹杂着期待新的欢乐的向往。很快我就整天和这些少女泡在一起了。

她们是我从所有的对象中挑选出来的，她们好比鲜艳的花朵，我怀着植物学家的满足感，清楚地意识到，如此罕见的品种聚集在一起，是极为难得的。此刻，这疏朗的花篱在我眼前中断了起伏的流波，有如一丛开放在悬崖花园中的宾夕法尼亚玫瑰，从花丛中望出去，只见远处蓝色的海面上有一艘轮船在徐徐行进，从一根茎杆缓缓滑行到另一根茎杆，一只懒洋洋的蝴蝶停在花冠里面，尽管船体早已驶过，但它拿得稳自己能比轮船先到达，要等船舶驶向最前面的花瓣，跟那片花瓣之间只留下一小块蓝色的时候，才起飞呢。

（摘自《追寻逝去的时光》第二卷《在少女花影下》）

椴花茶中的时光

亨利·方丹–拉图尔《玫瑰花篮》，1880

[玫瑰] （la rose）

可算是世界上最古老的花。世界各地均有生长。中国的月季是其中的一种。19 世纪中国月季引入欧洲后，与当地玫瑰嫁接，生成著名的"杂交茶香月季"，也即"现代园林玫瑰"。在西方传统中，玫瑰是"花中女王"，希腊爱与美的女神阿芙洛狄特诞生于大海，海里生长了一支白玫瑰。白玫瑰也是圣母玛利亚的象征。普鲁斯特不但以玫瑰象征少女和少女的肌肤，也以玫瑰象征艺术创作。

—— 椴花茶中的时光
——
——
——
——
——

25

玫瑰的精魂

（埃尔斯蒂尔的水彩画）

椴花茶中的时光

韦尔迪兰夫人过来，带我去看埃尔斯蒂尔画的玫瑰。……女主人的目光茫然地停留在画家送她的这幅画上，画上所凝聚的，不仅是艺术家卓越的天赋，而且是他俩之间长期的友谊，虽说这份友谊如今除了画家留给她的这些回忆，已然难觅踪影了；在这些当年由他为她采撷的花朵后面，她仿佛重又见到了那只漂亮的手，正是这只手，在一个上午，把刚采下的花儿画到了纸上，一时间，桌上的花儿，背靠餐厅扶手椅的人儿，双双成了女主人便宴上的一个象征，代表着依然鲜艳的玫瑰和它们在似与不似之间的画像。之所以说在似与不似之间，是因为埃尔斯蒂尔所能看到的花儿，自然是事先搬进这个我们非得待在里面不可的室内花园的，而他的这幅水彩画让我们看到的，却是他曾经见到过的许许多多玫瑰的精魂，这种花之魂的魅力，要是没有他，我们是永远无法领略的；所以不妨说，这是一个新的品种，画家就像富有创造精神的园艺师，以这个新品种丰富了玫瑰的家族。

（摘自《追寻逝去的时光》第三卷《盖尔芒特家那边》）

147

亨利·方丹-拉图尔《白玫瑰》，1875

26

紫罗兰

椴花茶中的时光

爱德华·马奈《紫罗兰花束》，1872

　　在这一点上，我就像埃尔斯蒂尔，他每天都得关在画室里画画，但到了春天，知道树林里开满了紫罗兰花，他心心念念想看上它们一眼，就让看门的女人上街去买一束回来；于是他被这束花儿感动了，恍惚间仿佛桌子上放着的不是一小瓶紫罗兰，而是他以前见过的繁花似锦的林地，弯曲的花茎，在蓝色的骨朵儿的重量下颤悠着，埃尔斯蒂尔只觉得眼前就是一片想象中的林景，这束唤起回忆的紫罗兰吐出的清香，把这片令他神往的景色揽进了他的画室。

　　　　　　　（摘自《追寻逝去的时光》第五卷《女囚》）

[紫罗兰] （la violette）

　　西方传统中非常流行的小花，和三色堇（蝴蝶花、三色紫罗兰）一样，象征谦虚。

27

百合花和银莲花

（意大利金光灿烂的春天）

椴花茶中的时光

我所憧憬的春天，并不是挂着霜花、寒意料峭的贡布雷的春天，而是百合花和银莲花铺满菲耶索莱的田野，明媚的阳光把佛罗伦萨照耀得如同安杰利科的油画里金光灿烂的底色一般的春天。

　　（摘自《追寻逝去的时光》第一卷《去斯万家那边》）

安杰利科《圣母加冕》，1434—1435

[百合花] （le lys）

　　红百合乃佛罗伦萨的象征。基督教传统中以白百合象征圣母玛利亚。

佛罗伦萨徽章

希腊银莲花　　　罂粟银莲花

[银莲花]　(l'anémone)

　　银莲花花期短暂，因此希腊人称之为"风的女儿"，以她象征春归、转瞬即逝的春色、脆弱的美。在地中海沿岸和中东地区常见的主要有两种：蓝中带紫的希腊银莲花和红色的罂粟银莲花。根据希腊神话，美神阿芙洛狄忒的情人阿多尼斯被其情敌杀害后，阿芙洛狄忒在他身上抛洒甘露，甘露与阿多尼斯的血液混合，孕育出银莲花。

椴花茶中的时光

28

矢车菊

椴花茶中的时光

有时候，马车行驶在两旁都是精耕细作的农田的坡道上，几株与贡布雷那儿一模一样的矢车菊尾随着我们，田野因此变得更实在，平添了一种真实的印记，有如某些古典大师在画作上用作签名的珍贵小花。很快，我们的马车把这几株矢车菊落在了后面，但没走多远，眼前又会有另一株竖立在草地上，以它那星星般的蓝色小花迎接我们；有几株更是大着胆子来到了路边，于是这些矢车菊跟我遥远的回忆，还有那些家养的花儿融合在一起，形成一片模糊的星云。

……

埃尔斯蒂尔在画花儿，但不是白山楂、红山楂、矢车菊和苹果花，要是我来请他画画，我不会请他画肖像画，而会请他画这些花儿，因为我看到这些花儿，总想从中寻觅着什么却又不可得，我希望他凭借他的才气将这东西向我揭示出来。

（摘自《追寻逝去的时光》第二卷《在少女花影下》）

[矢车菊]　(le bleuet)

　　蓝色小花。有人认为，德国浪漫派作家推崇的"蓝花"以它为原型。代表了怀旧、难以企及的理念等。象征神秘的精神境界。在普鲁斯特笔下，正像山楂花、苹果花，矢车菊是一种更具精神性的花。

29

白色苹果花

椴花茶中的时光

下一年五月在巴黎，我买过好多次苹果花，从花店买来了一束苹果花，我会整夜对着它，乳白依旧的骨朵儿，在叶片的芽端绽放，也仍然是那种起沫的模样，而在白色花冠的中间，花商仿佛出于对我的慷慨（或是由于搭配对比色彩的创作冲动），每边都加插了一朵粉红的花蕾；我望着它们，把它们放在灯下——我往往待得很久，直到曙光射进屋里染红了花儿，我仍然凝望着它们，心想这时候巴尔贝克的苹果花也该是红彤彤的吧——我在想象中把它们带回那条乡间小路，让它们一变十，十变百，落在现成的花圃的画框中，落在早就备下的农田的画布上，这些我天天盼着能重新见到、熟稔得可以默画出来的花圃和农田，总有一天，当春天满怀天才洋溢的激情，为画上的花儿披上色彩斑斓的外衣时，我会重新见到它们的。

（摘自《追寻逝去的时光》第二卷《在少女花影下》）

椴花茶中的时光

克洛德·莫奈《苹果树花开》，1872

[苹果树、苹果花]　(le pommier)

　　在这一名称下，汇聚多种树木，除了我们熟悉的果木，还有作为观赏植物的苹果树，春天开白色、粉色和红色的花。普鲁斯特在《追寻逝去的时光》中多次描写苹果花，正像莫奈画下多幅花满枝头的苹果树。

30

粉红苹果花

（早春嫣红一片的美）

椴花茶中的时光

但是今天，我刚走上大路，眼前的景色就美得令我目眩。当年是八月里，我和外婆看到的苹果树还没有开花，树上只见枝叶。而此刻，弥望的是无边的花海，一排排苹果树立定在污泥里，身穿舞会的盛装，全然不在意是否会弄脏粉红绸缎的华服，这片我见所未见的花海，在阳光的照耀下熠熠生辉；远方的海平面，犹如日本木版画上为这些苹果树添加的背景；我举头仰望花枝间的天空时，只觉得在繁花的映衬下，天空蓝得出奇，颜色变得很浓烈，而花海也仿佛特地闪让出了空隙，让我看这天堂有多么深远。蓝天下拂过一阵轻盈而料峭的微风，红嫣嫣的花朵在风中颤动。一群蓝色的山雀飞落枝头，在繁花间跳来跳去，而花簇听任它跳跃，仿佛正是拜这些爱好异国情调和鲜艳色彩的鸟儿所赐，才有了这片充满生机的美丽景象。这种美，令人感动到流泪，因为，它虽有很多人工打造的印迹，但仍让你感到一切都是那么自然浑成，这些苹果树伫立在原野上，犹如农夫行走在法兰西的大路上。接着，阳光收起，骤雨不期而至；密集的雨丝在天幕上划出一道道条纹，整排整排的苹果树被裹紧在灰蒙蒙的雨网之中。大雨中的风带着寒意，而苹果树依然昂首挺立，展示它们繁花满枝、嫣红一片的美：这是早春的一天。

　　（摘自《追寻逝去的时光》第四卷《所多玛与蛾摩拉》）

克洛德·莫奈《维特伊附近的苹果树》，1878

31

三棵树

椴花茶中的时光
——
——
——
——
——
——

我们下坡朝于迪梅尼尔驶去；蓦然间，我的心中充满幸福，离开贡布雷以后，我并不常有这样幸福的感觉，它和马丁镇钟楼给予我的欢愉很相像。但这一次，它是不完全的。马车行驶在路面往两侧倾斜的大路上，我远远地看见三棵树，想必是一条隐蔽的小径的入口，这幅场景我不是第一回见到，我想不起在哪儿见过这几棵树，但总觉得这地方我是熟悉的；于是我的思绪在遥远的某一年和眼下之间磕磕绊绊，巴尔贝克的景物摇曳了起来，我暗自寻思，这乘车出游会不会是场子虚乌有的故事，巴尔贝克是不是一个我只在想象中去过的地方，德·维尔巴里西斯夫人是不是小说中的人物，那三棵老树是不是我从正在读的书上抬起眼来看见的真实场景，刚才我整个人都沉浸到书中所描写的情景中去了。

　　（摘自《追寻逝去的时光》第二卷《在少女花影下》）

椴花茶中的时光

伦勃朗《三棵树》，1643

[三棵树]

与花不同，树在《追寻逝去的时光》中，与主人公的文学生涯有着更密切的关系，常常意味着神秘的召唤。伦勃朗是普鲁斯特十分敬重的画家，他的版画《三棵树》也许与普鲁斯特心目中的文学的召唤比较接近。

椴花茶中的时光

32

一排树

第二所疗养院的治疗效果，并不比第一所的好；但我还是在那里住了好些年。最后总算离开了；在回巴黎的火车上，我一路尽想着我缺乏文学天赋……这个曾有很长一段时间没在脑海中浮现的想法，重新以一种比先前任何时候都更为可悲的方式冲击着我。我记得，当时火车停靠田野上的一个小站，阳光照在铁路沿线的一排树木上，树干的上半部分沐浴在阳光中。

"大树啊，"我心想，"你们已经对我无话可说了，我这颗变冷的心再也不会听见你们的声音了。此刻，我身处大自然的怀抱中，却以冷漠而充满倦意的目光，看着明亮的树顶和阴暗的树干的分界线。如果说我曾经自以为是诗人的话，那么现在我知道我不是。无论人生有多枯燥，我面临的毕竟是一个新的阶段，也许在这个阶段中，有人能给我以大自然不会再给我的启示。可是那些让我也许能为它讴歌的岁月，却再也不会回来了。"

但是，当我用有人可能对我作出的开导，来替代大自然不可能作出的启示，藉此安慰自己的时候，我知道我仅仅在寻找一种安慰罢了，我心里明白，这种安慰是毫无价值的。如果我真的有一颗艺术家的心灵，面对这排被落日余晖照亮的大树，面对路基斜坡上长得几乎跟车厢踏板一般高的小花，我应该感到多么愉悦啊——这些小花，我能数出它们有多少花瓣，却无意像许多妙笔生花的作家那样去描绘它们的色彩，因为，一个自己没有感受到愉悦的人，怎么可能让读者感受到愉悦呢？

（摘自《追寻逝去的时光》第七卷《寻回的时光》）

克洛德·莫奈《一排杨树，秋景》，1891

[一排树]

　　普鲁斯特在《追寻逝去的时光》中
多次描写成排的树，正像莫奈画下多幅
不同光线下排列成行的树。

33

青草

（爱德华·马奈《草地上的午餐》）

椴花茶中的时光

维克多·雨果写道：

> 青草总要生长，孩子终会死去。

而我想说，残酷的艺术法则就是这样，人类死去，我们自己受尽磨难死去，都是为了让青草得以生长，不是从忘川中，而是从永恒的生命中生长出来，富有生命力的作品就是茂盛的青草，一代又一代的人们来到草地，他们不会想到长眠于青草之下的那些人，他们是来开心地享用"草地上的午餐"的。

（摘自《追寻逝去的时光》第七卷《寻回的时光》）

爱德华·马奈《草地上的午餐》，1863

[《草地上的午餐》]

　　19世纪法国"印象派之父"爱德华·马奈的著名画作。初展时舆论哗然，随后成为印象派代表作之一。《追寻逝去的时光》结束之际，普鲁斯特借助雨果的诗句和这幅画作，寄寓文学艺术杰作如同青草生生不息、带给后人无穷无尽美的享受的信念。

图书在版编目（ＣＩＰ）数据

椴花茶中的时光：《追寻逝去的时光》主题笔记书 /
（法）马塞尔·普鲁斯特著；周克希译；涂卫群编 . --
上海：华东师范大学出版社，2018
ISBN 978-7-5675-8210-1

Ⅰ . ①椴… Ⅱ . ①马… ②周… ③涂…
Ⅲ . ①马塞尔·普鲁斯特 - 小说 - 文学欣赏 Ⅳ . ① I565.074

中国版本图书馆 CIP 数据核字 (2018) 第 191838 号

椴花茶中的时光：
《追寻逝去的时光》主题笔记书

原　　著 ｜ [法] 马塞尔·普鲁斯特
译　　者 ｜ 周克希
编　　者 ｜ 涂卫群
策划编辑 ｜ 许　静
项目编辑 ｜ 陈　斌
审读编辑 ｜ 陈锦文
装帧设计 ｜ 吴元瑛

出版发行 ｜ 华东师范大学出版社
社　　址 ｜ 上海市中山北路 3663 号 邮编 200062
网　　址 ｜ www.ecnupress.com.cn
电　　话 ｜ 021-60821666　　　　　行政传真 ｜ 021-62572105
客服电话 ｜ 021-62865537　　　　　门市（邮购）电话 ｜ 021-62869887
门市地址 ｜ 上海市中山北路 3663 号华东师范大学校内先锋路口
网　　店 ｜ http://hdsdcbs.tmall.com

印 刷 者 ｜ 上海中华商务联合印刷有限公司　开　　本 ｜ 889×1194　32 开
印　　张 ｜ 6　　　　　　　　　　　　　　字　　数 ｜ 43 千
版　　次 ｜ 2019 年 4 月第 1 版　　　　　印　　次 ｜ 2019 年 4 月第 1 次
书　　号 ｜ ISBN 978-7-5675-8210-1/I.1956
定　　价 ｜ 58.00 元

出 版 人 ｜ 王　焰
（如发现本版图书有印订质量问题，请寄回本社客服中心调换或电话 021-62865537 联系）